鹬蚌相争

周功鑫　主编

目录

成语故事"鹬蚌相争"出自《战国策》的《燕策二》，讲述在大约公元前295年至公元前284年之间，赵国即将攻打燕国，苏代代表燕国出使赵国，游说赵国停止攻打燕国，以免秦国从中得利的故事。

善用譬喻的苏代以鹬鸟与河蚌彼此争斗、僵持不下，最终两败俱伤的故事，向赵惠文王分析当时的局势，劝说赵国不要攻打燕国，

否则最后得利的将是一旁虎视眈眈的秦国。最后赵惠文王听从建议，停止攻打燕国的计划。

后人常用"鹬蚌相争"来比喻双方争持、互不相让，最终同受损害，令第三者从中获得好处。

燕国首都蓟城的宫殿内，传来了一阵急切的脚步声。报信者十万火急地跑进宫殿的大堂，跪在地上，上气不接下气地说："大王，刚刚接到消息，赵国的军队准备要攻打我们了！"

◎ 蓟城：今北京市西南。

6

◎ 燕昭王：生年不详，卒
于公元前 279 年。

燕王听后叹了口气，身体向后一颓，眉头深锁陷入了沉思之中。一时间，堂上所有人面露惊惶之色，但碍于燕王不语，大家也不敢作声，只是焦虑地等候。

惊魂过后，燕昭王忙问众臣应该如何应对。大家你一言、我一语，却无法得出合意的方案。正当君臣感到一筹莫展的时候，燕王突然想起著名的纵横家苏代。他知道苏代正在蓟城做客，连忙差人请苏代进宫。燕王对大臣说："苏代不仅口才便捷，更对各国的政治形势了若指掌，我想听听他的意见。"

◎ 苏代：东周洛阳人，生卒年不详，活跃于赵惠文王和燕昭王期间。

燕昭王向苏代说明了情况。苏代说："燕国与赵国的政治及军事实力不相上下，双方交战不仅会大幅耗损国力，短时间内恐怕也难有结果，受苦的将是百姓。"燕王说："没错，先生的分析十分有理。"在旁的大臣亦频频点头，表示认同。苏代又说："而今秦国正在扩张势力，若燕、赵交战，无论谁胜谁败，都会令两国积弱不振，届时秦国便会乘机来犯，甚至一举消灭燕、赵。这可关系到两国的存亡啊！"

13

这番话深深打动了燕昭王。于是，他问苏代："先生是否愿意代表我国出使赵国，以先生的才智说服赵王打消出兵的念头？"

"苏代虽为东周洛阳人，可是多年来周游列国，眼中看到的尽是民间疾苦，我真不愿意燕、赵两国人民再因战争而陷入劫难与痛苦之中啊！如果君王不弃，苏代愿意一试。"苏代答应了燕昭王的要求。

苏代乘坐马车，驶向赵国都城邯郸。由于苏代向城门的守卫表示自己是燕国特使，赵惠文王以为他是代表燕国前来求和的，因此让他顺利进入邯郸城。苏代马不停蹄地直奔赵王的宫殿。

◎ 邯郸：今河北省邯郸市。

赵惠文王期待着苏代的到来。一方面他期待燕国求和的内容，另一方面想看看这位著名的策士究竟有什么本领。苏代见到赵惠文王，马上礼貌地上前行礼。可是，当苏代准备开口的时候，赵惠文王却出言打断他，看来是要给他一个下马威。

◎ 赵惠文王：生于公元前 310 年，卒于公元前 266 年。

赵惠文王说："我国国力强盛，军队所向披靡，又有廉颇、李牧等名将坐镇，他们曾经打败齐国和魏国，燕国根本不是赵国的对手。燕王识相的话，应该早点投降谈和才是。"

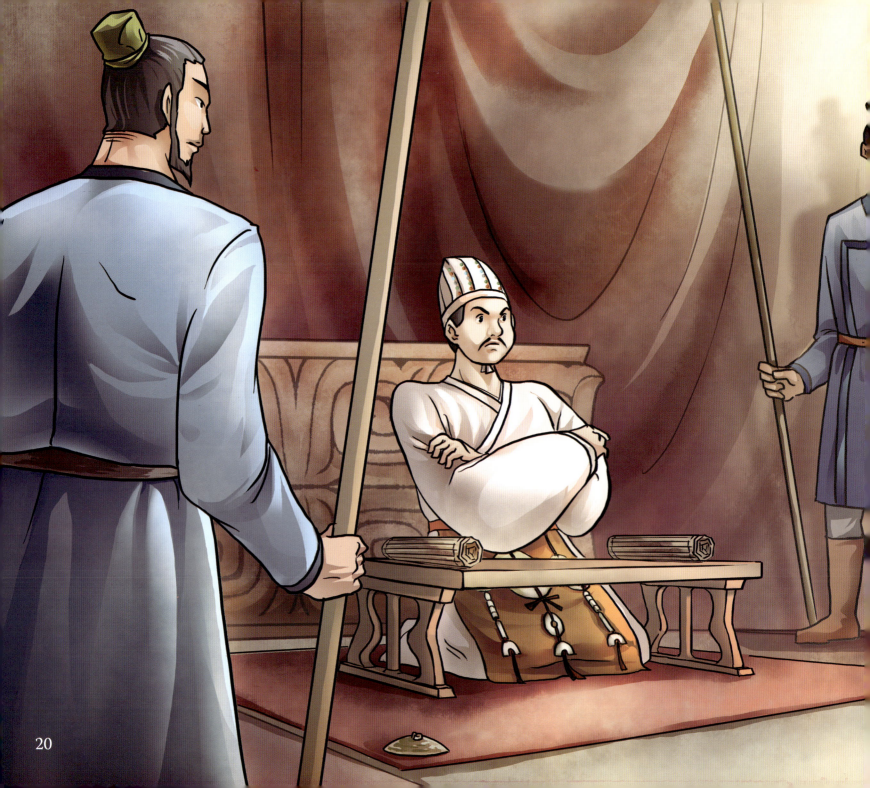

苏代表现从容，徐徐上前向赵王作揖，说："大王，在谈正事之前，我想请您先听我说一件前来赵国途中遇见的趣事。"对苏代善于运用譬喻说道理，赵王早有所闻，便说："闻说先生擅长说故事，今日有缘相见，就请你说说吧！"

苏代再向赵王作揖，然后开始讲述他的见闻："前来赵国的途中我经过易水，在河边看到一个特殊的景象……"他停了停，看见众人眼里闪耀着疑惑，好像在问："什么特殊的景象？"

他继续娓娓道来："我看见一只河蚌在水边将壳打开正在晒太阳，就在这个时候，一只鹬鸟从天上飞来水边觅食。"

"鹬鸟看到打开了壳的河蚌，这可是它最喜欢的点心啊！于是它小心地、慢慢地靠近，准备将这颗肥美的河蚌送进肚子里去。"

"鹬鸟小心翼翼来到河蚌旁边，它伸出长喙啄食河蚌的同时，刹那间，机灵的河蚌快速地把壳闭上，将鹬鸟的长喙夹在它紧合的两片壳中。鹬鸟被河蚌突如其来的动作吓到了，它想脱身，却无法拔出长喙。无论它怎么甩动自己的头，或是将河蚌甩向石头或地面，都无法把蚌甩开。"

"鹬鸟想把喙再伸深一点，将河蚌刺死。然而河蚌为了保护自己，紧闭双壳，一直用力地夹着鹬鸟的喙，令它无法动弹。双方僵持不下，没有一方愿意让步，也没有一方能够脱身。过了好一会儿，鹬鸟心想：'这河蚌再不放开我，要是接下来的几天都不下雨，它就等着被太阳晒死吧！'河蚌也想：'这鹬鸟的喙拔不出去，它就算不饿死，也会渴死。'"

29

"鹬鸟和河蚌互不相让，都不愿意先释出善意放开对方。这时，一个渔夫正巧经过，看到互相卡着的鹬鸟及河蚌。"

"他从容地拿起渔网，完全不用费力气，便将鹬鸟与河蚌一起网走了。"

苏代讲完在易水旁边看到的景象，继续说："现在赵国与燕国的形势，就像鹬鸟与河蚌一样，如果彼此缠斗、互不相让的话，最后必然会两败俱伤啊！"

"如果赵国出兵攻打燕国，燕国必定会全力迎战，这样不仅削弱双方的国力，令人民因战争而受尽苦难；更糟糕的是，在旁虎视眈眈的秦国可以趁机消灭赵、燕两国，坐拥渔翁之利。我相信大王也不愿意见到这种情况发生吧？"苏代反问赵惠文王。

赵惠文王哑口无言。他觉得苏代说得很有道理，不但立即以上宾之礼款待苏代，还下令取消出兵攻打燕国的计划，让两国人民得以休养生息。

人与人相处，处，难免会遇到利益冲突的时候，如果双方无法保持理性，眼中只有自己的利益，各持己见而互不相让，不肯包容、退让的话，最终必定会两败俱伤，不仅双方都得不到好处，更可能让第三者在毫不费力的情况下把利益取去。

成语"鹬蚌相争"告诫世人，如果遇到冲突，只要双方各退一步，便可以避免发生"渔翁得利"的情况。

图画知识

01 pp.6-7

玄端冠

为战国时期官员常戴的头冠样式。据《新定三礼图》资料重绘。

02 pp.6-7

直裾深衣

参考河北省易县武阳台乡高陌村出土青铜人，河北省文物研究所藏。

03 pp.6-7

曲裾深衣

为战国时期非常流行的服装样式，男女皆可穿着。参考湖南省长沙市子弹库楚墓出土人物御龙帛画，湖南省博物馆藏。

04 pp.6-7

铜灯

参考河北省平山县出土银首人俑铜灯，河北省文物研究所藏。

05 pp.6-7

席镇

当时人们室内活动为跪坐在席子上，为防铺席四角不平整，会用席镇放在席子的四角。参考湖北省枣阳市九连墩出土铜镇，湖北省博物馆藏。

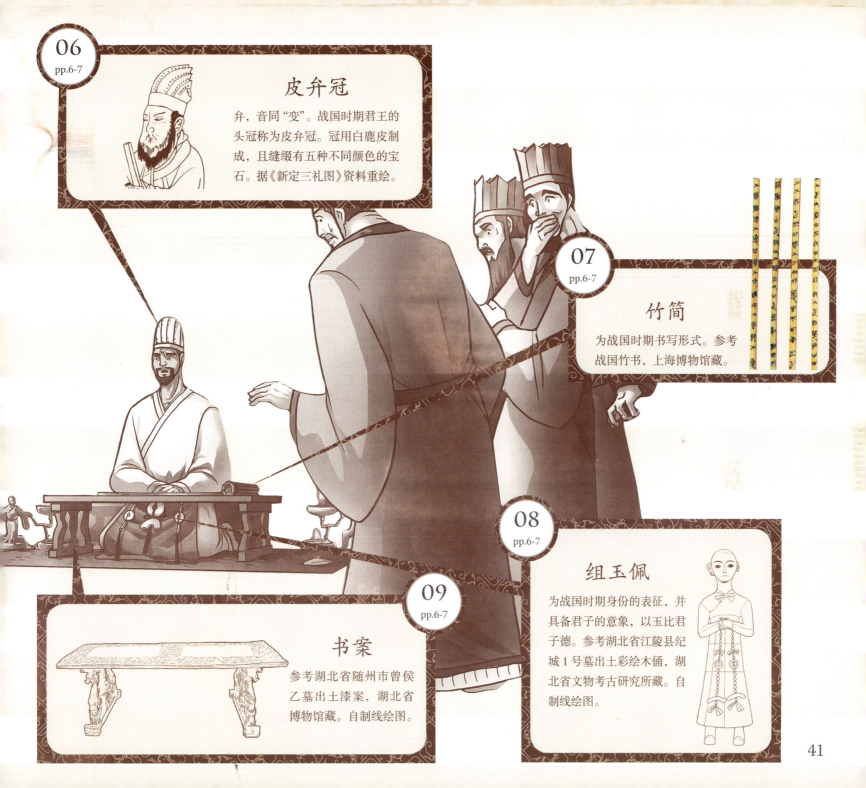

皮弁冠

弁，音同"变"。战国时期君王的头冠称为皮弁冠。冠用白鹿皮制成，且缝缀有五种不同颜色的宝石。据《新定三礼图》资料重绘。

06 pp.6-7

竹简

为战国时期书写形式。参考战国竹书，上海博物馆藏。

07 pp.6-7

08 pp.6-7

组玉佩

为战国时期身份的表征，并具备君子的意象，以玉比君子德。参考湖北省江陵县纪城1号墓出土彩绘木俑，湖北省文物考古研究所藏。自制线绘图。

09 pp.6-7

书案

参考湖北省随州市曾侯乙墓出土漆案，湖北省博物馆藏。自制线绘图。

10
p.12

战国时期秦系
文字中的"秦"字

据《战国古文字典》资料重绘。

13
p.16

矛

为战国时期常用的兵
器。参考湖北省枣阳
市九连墩出土铜矛,
湖北省博物馆藏。

11
p.13

战国时期晋系
文字中的"赵"字

据《战国古文字典》资料重绘。

14
pp.16-17

直裾短衣

也是战国时期常见的服
装。直裾有长及足背的
深衣,也有短衣。一般
百姓与武士平时多穿着
短衣与裤,方便活动。
参考山西省长治市分水
岭出土青铜武士像。自
制线绘图。

12
p.13

小篆的"燕"字

据汉字古今字资料库资料重绘。

15
pp.16-17

带钩

为战国时期流行的腰带钩饰。参考河北省邯郸市武安
市固镇古城出土错金银嵌绿松石铜带钩,邯郸市博物
馆藏。

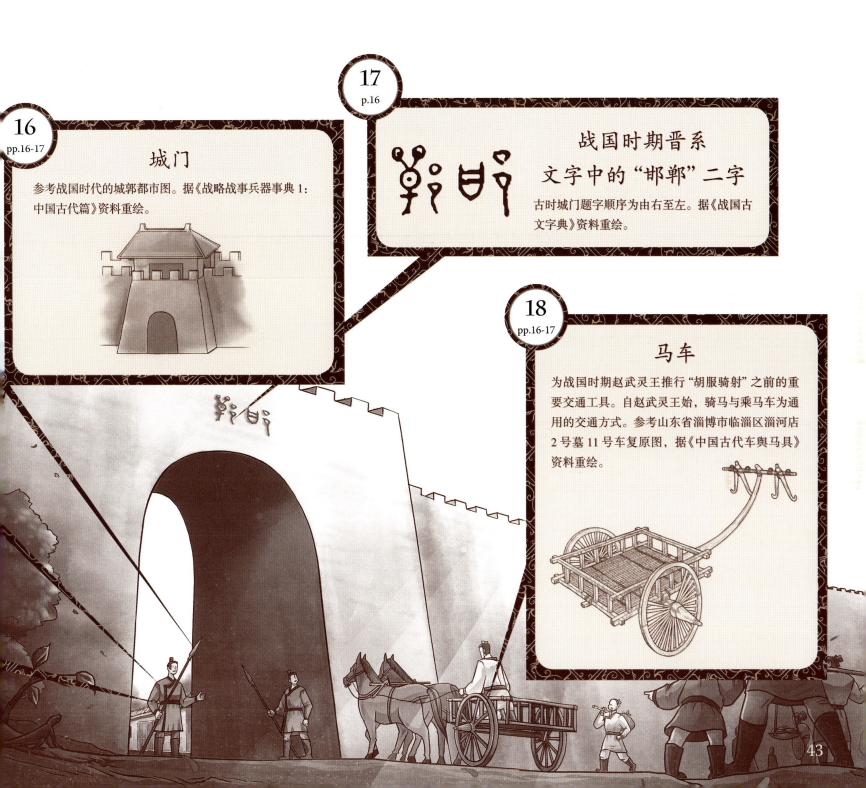

16
pp.16-17

城门

参考战国时代的城郭都市图。据《战略战事兵器事典1：中国古代篇》资料重绘。

17
p.16

战国时期晋系文字中的"邯郸"二字

古时城门题字顺序为由右至左。据《战国古文字典》资料重绘。

18
pp.16-17

马车

为战国时期赵武灵王推行"胡服骑射"之前的重要交通工具。自赵武灵王始，骑马与乘马车为通用的交通方式。参考山东省淄博市临淄区淄河店2号墓11号车复原图，据《中国古代车舆马具》资料重绘。

屏风

为战国时期室内装潢常用的摆饰。参考湖北省江陵县天星观1号墓出土彩绘木雕双龙座屏，荆州博物馆藏。自制线绘图。

殳

殳，音同"书"。为战国时期侍卫的守备兵器。参考陕西省西安市秦始皇帝陵出土铜殳首，秦始皇帝陵博物院藏。

女子发式

战国时期女子的发式，有的是将头发梳向脑后，编成为一束垂于背后。参考河北省平山县中山国墓出土玉人，据《中国古代服饰研究》资料重绘。

漆画

战国时期是漆器的重要成长时期，当时已有多种颜色，但以红、黑二色为主。本图说集内的故事背景与成语运用两部分说明特别采用战国时期的漆画风格呈现，是为重现当时的绘图特色。本漆画参考湖北省荆门市包山 2 号楚墓出土漆奁（奁，音同"连"）风格（漆奁是当时女子放置梳妆用品的盒），湖北省博物馆藏。自制线绘图。

曲裾深衣

为战国时期流行的服装样式，男女皆可穿着。参考湖南长沙市仰天湖出土彩绘木俑。自制线绘图。

战国城郭

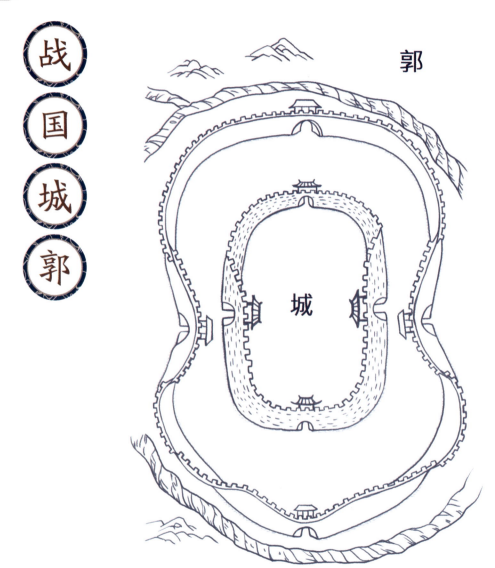

郭

城

图 1 春秋战国城郭图
据《中国建筑艺术史（上）》资料重绘

春秋时代以前，城郭（又称城池或城邑）是贵族聚集的地方，是一国诸侯、王居住、管理或是经常出入的地方，对一国的政治和军事都起着重要的作用。那时候的城郭，也是为贵族提供服务的贸易场所。

公元前453年，晋分为韩、赵、魏，正式进入战国时代。当时工商业日渐发达，城郭的规模也日渐扩大，除了为贵族服务外，城郭也成为各阶层民众的物资交易场所、工商业的贸易中心。赵国的都城邯郸，就是当时河北地区重要的政治、经济、军事和文化中心。

春秋时代的筑城已有相当规模，据《左传》等文献粗略统计，有城郭三百座以上。到了战国时代又有了新发展，城郭数量激增，规模也迅速扩大。主要原因是周室衰弱、武备废弛，无力保护小国，也不能控制诸侯国，导致战争频繁，并由春秋时代单纯的争霸，改为兼并土地、争夺人口资源，于是城郭便成为"兵家必争之地"。此外，为了防御周边蛮夷戎狄的侵入，大国纷纷筑城以固边防，小国则挖深沟筑高垒以自保。

这些城郭一般是由城墙、城壕、城门、吊桥、城楼等部分组成。而城墙往往不止一重，内墙叫"城"，城内居住了一国的君主；外墙则名"郭"。"城"与"郭"之间居住了贵族以及一般平民百姓（图1）。

当时城墙的构造，主要是由黄土、粗砂及石灰混合而成，方法是先用木板作模，内填入黄土等，再用石槌用力槌打，层层加压，将土里的空气挤出，以达到加固结实的效果。过程中，也会放入一些红柳或芦苇枝作墙骨，用卵石砌成墙脚，以预防洪水。墙的高度一般是底座宽度的一倍左右，而顶部的宽度则为墙高的四分之一或五分之一，所以城墙下宽上窄，具一定的承载能力，才能起到防御的作用。

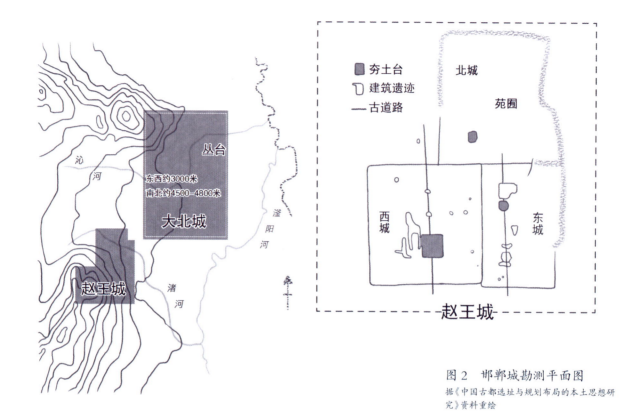

图 2　邯郸城勘测平面图

据《中国古都选址与规划布局的本土思想研究》资料重绘

公元前386年以后，邯郸便成为赵国的都城，一直到秦国灭了赵国为止。共有八代的赵国君主在邯郸城登基，历经了158年。

邯郸城的建立，也有一个过程。先有春秋时代所兴建的古城郭"大北城"，后来才建造了赵国的宫殿区"赵王城"。"大北城"东西宽约3000米，南北长约4500米至4800米；"赵王城"则东西宽2400米，南北宽3000米，由三个四角形的城以品字形的方式连接在一起。"大北城"与"赵王城"并不是相连的，最接近的地方仍然有大约80米的距离(图2)。

由于邯郸城的地理位置四通八达，加上附近有丰富的天然资源，因此冶铁、制铜、制陶等工业也逐渐发达起来，在工业的带动下，邯郸的商业贸易也日见繁荣。在春秋晚期，邯郸已经是一个很有规模的工商业城市了。到了战国时代，它更成为了河北地区重要的政治、经济、军事和文化中心。

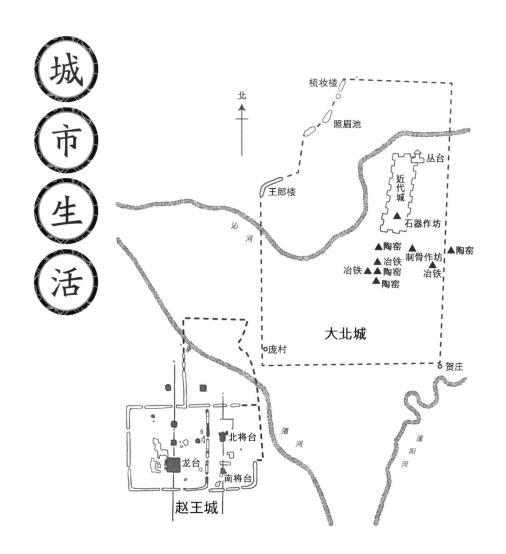

城市生活

图3 邯郸城平面图
据《中国建筑艺术史（上）》资料重绘

图例：
- 古城墙址
- 地下墙址
- 夯土墙址
- 地面遗址
- 地下夯土遗址
- 地下遗址

地图标注：北、梳妆楼、照眉池、丛台、近代城、石器作坊、陶窑、制骨作坊、陶窑、冶铁、陶窑、冶铁、陶窑、冶铁、大北城、庞村、贺庄、沁河、王郎楼、渚河、滏阳河、北将台、龙台、南将台、赵王城

根据古资料推测，战国时代的邯郸城大约有30至40万人口。赵王城为宫殿和宗庙所在。大北城的中北部主要属于宫殿和官员的公署以及贵族居住的地方，中东部则主要是一般平民的居所和手工业作坊（图3）。

邯郸城当时的商业和娱乐事业很发达，这造就了邯郸城的独特文化，其中赵女和邯郸倡，在当时非常著名。

顾名思义，赵女就是赵国土生土长的女子，尤其是指邯郸城里的女子。由于邯郸文艺兴盛，女性也具有良好艺术素养，深得各地贵族乃至王宫、皇宫主人的喜爱，于是，赵女成为了邯郸的"名产"。邯郸倡指的是邯郸城的乐人，这些乐人有男有女，他们擅长歌舞，以表演歌舞来娱乐贵族，借以谋生。

战国时代，由于邯郸城是一个开放而且具有文化深度的城市，于是，它吸引了不少工商巨贾和文人名士的到来，市面经常呈现一片欣欣向荣的景象。历史上著名的人物，例如荀子、公孙龙、慎到等人，都曾经到过邯郸城。

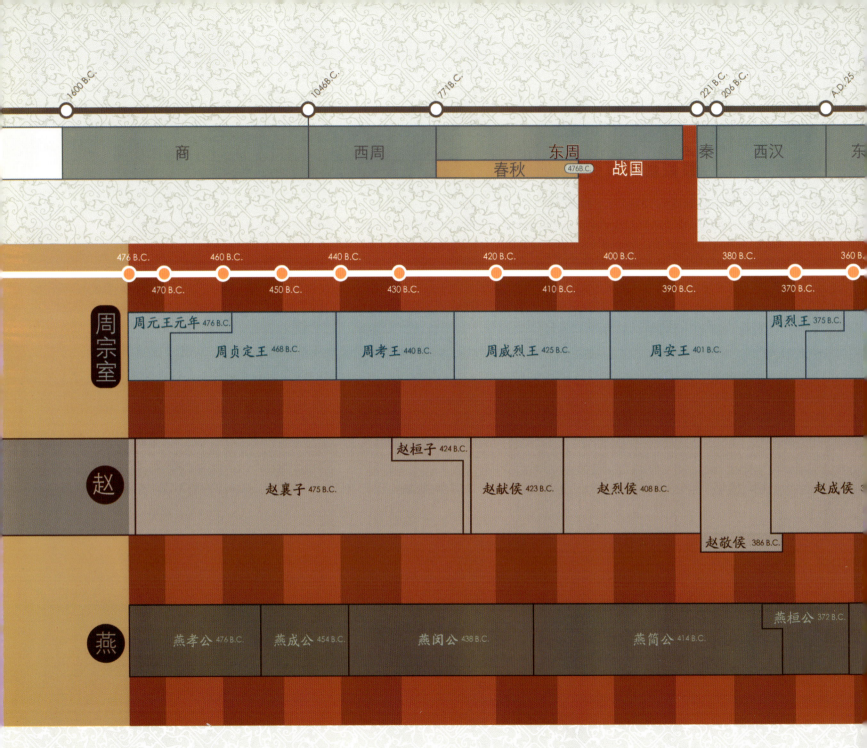

商　　西周　　东周　　春秋　476 B.C.　战国　　秦　西汉　东

1600 B.C.　1046 B.C.　771 B.C.　221 B.C.　206 B.C.　A.D. 25

476 B.C.　470 B.C.　460 B.C.　450 B.C.　440 B.C.　430 B.C.　420 B.C.　410 B.C.　400 B.C.　390 B.C.　380 B.C.　370 B.C.　360 B.

周宗室
周元王元年 476 B.C.
周贞定王 468 B.C.　周考王 440 B.C.　周威烈王 425 B.C.　周安王 401 B.C.　周烈王 375 B.C.

赵
赵裏子 475 B.C.　赵桓子 424 B.C.　赵献侯 423 B.C.　赵烈侯 408 B.C.　赵敬侯 386 B.C.　赵成侯

燕
燕孝公 476 B.C.　燕成公 454 B.C.　燕闵公 438 B.C.　燕简公 414 B.C.　燕桓公 372 B.C.

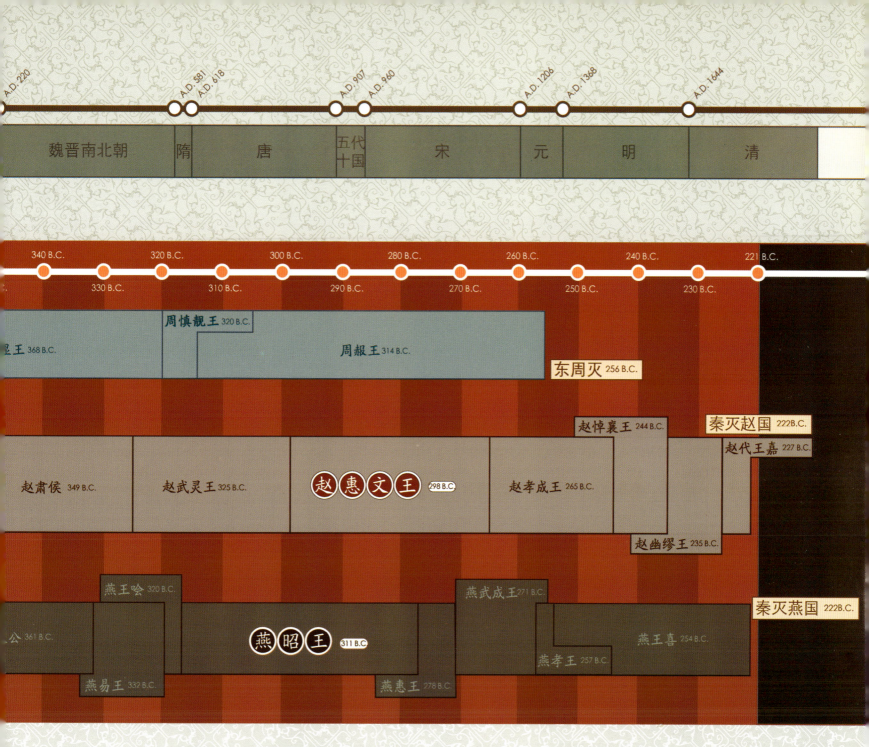

A.D. 220　　A.D. 581　A.D. 618　　A.D. 907　A.D. 960　　A.D. 1206　A.D. 1368　　A.D. 1644

| 魏晋南北朝 | 隋 | 唐 | 五代十国 | 宋 | 元 | 明 | 清 | |

340 B.C.　　320 B.C.　　300 B.C.　　280 B.C.　　260 B.C.　　240 B.C.　　221 B.C.
330 B.C.　　310 B.C.　　290 B.C.　　270 B.C.　　250 B.C.　　230 B.C.

周慎靓王 320 B.C.

靈王 368 B.C.

周赧王 314 B.C.

东周灭 256 B.C.

赵悼襄王 244 B.C.

秦灭赵国 222B.C.

赵代王嘉 227 B.C.

赵肃侯 349 B.C.　　赵武灵王 325 B.C.　　赵惠文王 298 B.C.　　赵孝成王 265 B.C.

赵幽缪王 235 B.C.

燕王哙 320 B.C.

燕武成王 271 B.C.

秦灭燕国 222B.C.

公 361 B.C.

燕昭王 311 B.C

燕王喜 254 B.C.

燕孝王 257 B.C.

燕易王 332 B.C.　　燕惠王 278 B.C.

51

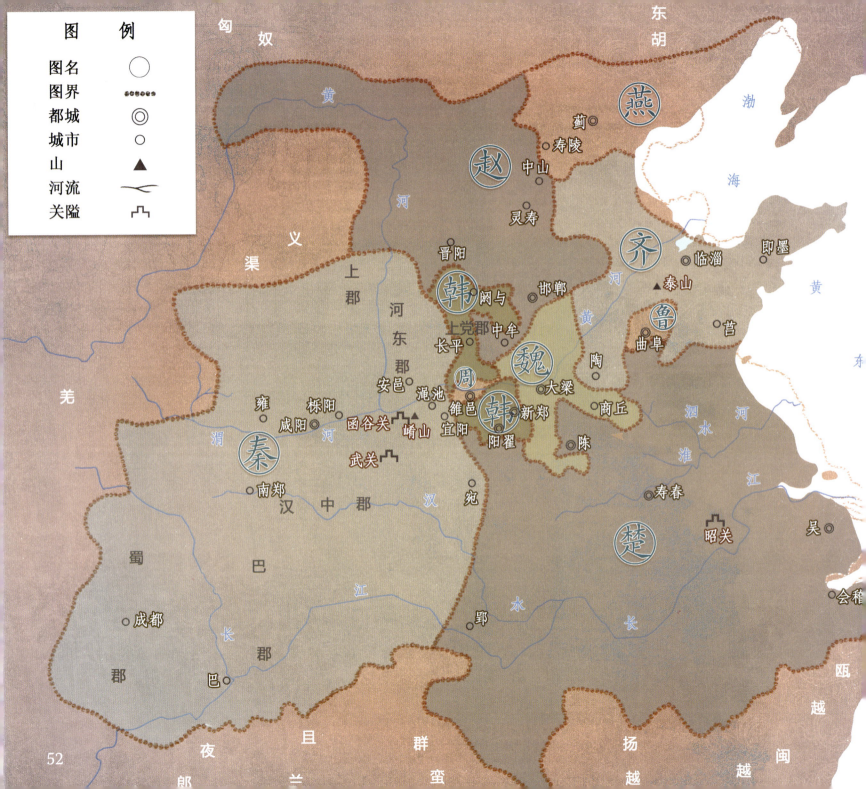

图　例

图名　○
图界　•••••••
都城　◎
城市　○
山　▲
河流　〜
关隘　⊔

匈奴

东胡

渤海

黄

燕

赵

齐

蓟
寿陵
中山
灵寿

临淄
泰山

即墨

晋阳
阏与
邯郸
鲁
莒

曲阜

韩
上党郡
中牟
陶

长平
周
魏
大梁
商丘

河东郡
安邑
渑池
雒邑
新郑
陈

雍
栎阳
咸阳
函谷关
崤山
宜阳
阳翟

武关
宛

义渠

上郡

河

秦

渭

汉中郡
汉
水

泗水

河

寿春

昭关

吴

会稽

南郑

蜀

成都

巴郡
江
长
郡
长
水

楚

瓯越

巴

郢

且兰

夜郎

群蛮

扬越

闽越

越

52

参考书目

·沈从文,《中国古代服饰研究》,上海:上海书店,1997。

·何琳仪,《战国古文字典》,北京:中华书局,1998。

·段宏振,《赵都邯郸城与赵文化》,北京:科学出版社,2009。

·侯幼彬、李婉贞编,《中国古代建筑历史图说》,北京:中国建筑工业出版社,2002。

·桑田悦等著,张咏翔译,《战略战术兵器事典1:中国古代篇》,新北市:枫树林,2011。

·梁思成,《中国建筑史》,天津:百花文艺出版社,1998。

·梁思成,《图像中国建筑史》,北京:生活·读书·新知三联书店,2011。

·黄建军编,《中国古都选址与规划布局的本土思想研究》,厦门:厦门大学出版社,2004。

·温洪隆注译,《新译战国策》,台北市:三民书局,2006。

·杨宽,《战国史》,台北市:台湾商务印书馆,1997。

·杨宽,《战国史料编年辑证》,台北市:台湾商务印书馆,2002。

·刘永华,《中国古代车舆马具》,上海:上海辞书出版社,2002。

·萧默主编,《中国建筑艺术史》,北京:文物出版社,1999。

·蓝永蔚、黄朴民、刘庆、钟少异著,《一看就通的中国军事史》,台北市:好读出版社,2008。

·〔宋〕聂崇义,《新定三礼图》,北京:中华书局,1992。

后记

　　我们现在处于一个知识琐碎、资讯泛滥的年代，如何引导青少年有兴趣、有系统地阅读既悠久又浩瀚的中华历史与文化，是我们在编写这套书前，一直在思考的问题。

　　我在博物馆界工作的四十多年经验中，尤其在故宫博物院工作期间，为年轻人设计及举办了不少活动与展览，深刻体会并发现这一代年轻人是在视觉影像环境中长大的。他们对图像、动画的喜爱与敏感，将是他们学习最直接、最有效的媒介。

　　于是我们决定将中华文化以故事形式、图画手法、有系统地编写出版。《图说中华文化故事》为此诞生。

　　本丛书力求做到言必有据，插图中的人物、场景、生活用器、年表、地图皆有严谨考证，希望呈现不同时期的历史、地理、时尚、生活艺术、礼仪与背后的文化内涵。第一套推出的是战国时期赵国的成语故事，共十本，并辅以导读，把赵国的盛衰、文化特质、关键战役、重要人物及艺术发展逐一介绍，以便把十个成语故事紧密扣合，统整串合成赵国的文化史。

　　《图说中华文化故事》希望让全球的青少年有机会认识中华文化丰富的内涵，进而学习到其中蕴含的智慧。这是我们团队编写这套书最大的期盼与目的。

　　最后，本丛书第一辑"战国成语与赵文化"所用出土文物照片，承蒙上海博物馆、秦始皇帝陵博物院、湖北省博物馆、湖南省博物馆、邯郸市博物馆、中国国家博物馆、襄阳市博物馆、河北省文物研究所、河南博物院、云南省博物馆、陕西历史博物馆、四川博物院、北京故宫博物院、鸿山遗址博物馆及北京大学赛克勒考古与艺术博物馆惠予授权使用，在此谨致谢忱。

周功鑫

2014 年 11 月于台北

54

主编简介

周功鑫教授，法国巴黎第四大学艺术史暨考古博士，现为辅仁大学博物馆学研究所讲座教授。曾任台北故宫博物院院长（2008 .5—2012 .7）、辅仁大学博物馆学研究所创所所长（2002—2008）。服务故宫及担任院长期间，曾创设各项教育推广活动与志工团队，并推动多项国际与两岸重量级展览与学术研讨活动，其中"山水合璧——黄公望与富春山居图特展"（2011），荣获英国伦敦 *Art Newspaper* 所评全球最佳展览第三名，及台北故宫被评为全球最受欢迎博物馆第七名。由于周教授在文化推动方面的卓越贡献，先后获法国文化部颁赠艺术与文化骑士勋章（1998）、教宗本笃十六世颁赠银牌勋章及奖状（2007）及法国总统颁赠荣誉军团勋章（2011）等殊荣。

书　　名　图说中华文化故事2
　　　　　战国成语与赵文化　鹬蚌相争

主　　编　周功鑫
原创制作　小皮球文创事业
艺术总监　纪柏舟
统　　筹　金宗权　许家豪

研究编辑　张永青　　　　　场景设计　张可靓
资讯管理　林敬恒　　　　　绘　　画　张可靓　王彩苹　周昀萱
撰　　文　金宗权　　　　　锦地纹饰　刘富璁
人物设计　张可靓

出 版 人　陈　征
责任编辑　李　霞　毛静彦
印刷监制　周剑明　陈　淼

出　　版　上海世纪出版集团　上海文艺出版社
　　　　　200020　上海绍兴路74号
发　　行　上海世纪出版股份有限公司发行中心
　　　　　200001　上海福建中路193号　www.ewen.co
印　　刷　北京一鑫印务有限责任公司
版　　次　2015年11月第1版　2019年3月第4次印刷
规　　格　开本889×1194　1/16　印张3.5　插页4　图文56面
国际书号　ISBN 978-7-5321-5926-0/J·405
定　　价　32.00元

告读者　如发现本书有质量问题请与印刷厂质量科联系
T：010-61424266

图书在版编目（CIP）数据

鹬蚌相争／周功鑫主编 —上海：上海文艺出版
社，2015.11（2019.3 重印）
（图说中华文化故事．战国成语与赵文化）
ISBN 978-7-5321-5926-0

Ⅰ.①鹬… Ⅱ.①周… Ⅲ.①汉语—成语—故事
Ⅳ.① H136.3

中国版本图书馆 CIP 数据核字（2015）第 238406 号

陪伴孩子成长的国学读物　　每一卷都是一座纸上的小博物馆

邯郸学步

鹬蚌相争

完璧归赵

负荆请罪

纸上谈兵

排难解纷

醇酒美人

毛遂自荐

奇货可居

市道之交

"鹬蚌相争"出自《战国策》的《燕策二》，讲述战国期间，苏代代表燕国出使赵国，以鹬蚌相争、渔翁得利的寓言，游说赵王停止攻打燕国，以免秦国渔翁得利。结果赵王同意停止攻打燕国，而苏代正是主张诸侯合纵抗秦的纵横家之一。

善用寓言是战国策士献计说服对方所使用的一种方法。由对自然界的深入观察，借寓言故事说出道理与解决方法，如此可以切中要害，把利害关系说清楚；更重要的是，让听的人不自觉地进入逻辑思考而作出结论，不至于咄咄逼人、惹人反感，是一种高明的手法。

苏代由燕国出使赵国，须从人口稀少的燕都蓟城，向西南方走向相对繁荣的赵都邯郸城。当时邯郸人口约有三四十万，除了商业发达外，生活娱乐亦多元、多样，具良好艺术素养的"赵女"，及乐人"邯郸倡"，在当时非常有名。详见书后的延伸阅读。

本书是出色的青少年国学读物，从亲切的成语故事讲起，由浅入深、图文并茂，深入历史细节，引导青少年步入中华文明的辉煌殿堂。

上架建议：历史读物·课外阅读
ISBN 978-7-5321-5926-0

9 787532 159260 >

定价：32.00元